CONTOS PROFÍCUOS

Editora Appris Ltda.
1.ª Edição - Copyright© 2022 dos autores
Direitos de Edição Reservados à Editora Appris Ltda.

Nenhuma parte desta obra poderá ser utilizada indevidamente, sem estar de acordo com a Lei nº 9.610/98. Se incorreções forem encontradas, serão de exclusiva responsabilidade de seus organizadores. Foi realizado o Depósito Legal na Fundação Biblioteca Nacional, de acordo com as Leis nos 10.994, de 14/12/2004, e 12.192, de 14/01/2010.

Catalogação na Fonte
Elaborado por: Josefina A. S. Guedes
Bibliotecária CRB 9/870

C763c 2022	Contos profícuos / Raphaely Luz (org.). 1. ed. - Curitiba: Appris, 2022. 73 p. ; 21 cm. ISBN 978-65-250-2015-0 1. Contos brasileiros. 2. Transexualidade. 3. Preconceito. 4. Direitos humanos. I. Luz, Raphaely. II. Título. III. Série. CDD – 869.3

Editora e Livraria Appris Ltda.
Av. Manoel Ribas, 2265 – Mercês
Curitiba/PR – CEP: 80810-002
Tel. (41) 3156 - 4731
www.editoraappris.com.br

Printed in Brazil
Impresso no Brasil

Raphaely Luz
(org.)
Angie Hope, Lupita Amorin,
Melissa Cruz, Luisa Lamar, Sophie Silva

CONTOS PROFÍCUOS

Appris
editora

FICHA TÉCNICA

EDITORIAL Augusto V. de A. Coelho
Marli Caetano
Sara C. de Andrade Coelho

COMITÊ EDITORIAL Andréa Barbosa Gouveia (UFPR)
Jacques de Lima Ferreira (UP)
Marilda Aparecida Behrens (PUCPR)
Ana El Achkar (UNIVERSO/RJ)
Conrado Moreira Mendes (PUC-MG)
Eliete Correia dos Santos (UEPB)
Fabiano Santos (UERJ/IESP)
Francinete Fernandes de Sousa (UEPB)
Francisco Carlos Duarte (PUCPR)
Francisco de Assis (Fiam-Faam, SP, Brasil)
Juliana Reichert Assunção Tonelli (UEL)
Maria Aparecida Barbosa (USP)
Maria Helena Zamora (PUC-Rio)
Maria Margarida de Andrade (Umack)
Roque Ismael da Costa Güllich (UFFS)
Toni Reis (UFPR)
Valdomiro de Oliveira (UFPR)
Valério Brusamolin (IFPR)

ASSESSORIA EDITORIAL Cibele Bastos

REVISÃO Luciana Nogueira Duarte

PRODUÇÃO EDITORIAL Isabela Calegari

DIAGRAMAÇÃO Yaidiris Torres

CAPA Sheila Alves

COMUNICAÇÃO Carlos Eduardo Pereira
Débora Nazário
Karla Pipolo Olegário

LIVRARIAS E EVENTOS Estevão Misael

GERÊNCIA DE FINANÇAS Selma Maria Fernandes do Valle

De clandestina a puta, o meu corpo está marcado pra morrer nesse cistema que não vê o nosso lado.

(Rosa Luz)

AGRADECIMENTOS

Quero agradecer a todas as coautoras, Lupita Amorim, Luisa Lamar, Sophie Silva, Melissa Mel e Angie Hope, por terem compartilhado momentos tão íntimos de suas vidas. Gostaria de enaltecer todas vocês, por essas histórias maravilhosas que me fizeram adentrar um pouco mais no mundo individual de cada uma e comungar das suas felicidades e dores. Também, quero agradecer a todas as pessoas que se esforçaram para que este livro pudesse se tornar realidade e, a partir dele, a concretização de um lindo sonho nosso, que é a Congregação Trans da Mata. Agradeço ao meu amigo e cúmplice, Antônio Leôncio, que sempre me incentivou a dar o meu melhor, e a todas as amigas maravilhosas que me foram apresentadas nesta vida, em especial, Ariadne Marinho, que não é só uma amiga, mas uma fonte de inspiração, força e uma grande mentora!

Onde minha existência é um ato de protesto e meu autocuidado é resistência!

(Luna Tsunami)

APRESENTAÇÃO

O livro *Contos profícuos* surge de uma ideia minha, como organizadora da obra, de dar voz e visibilidade às travestis/transexuais do Mato Grosso. Este livro foi uma forma que busquei de dar o pontapé inicial à ideia da visibilidade trans. Sendo assim, esta obra é construída a partir de histórias declaradas oralmente por cada uma de nossas coautoras e depoentes. Começamos pela literatura, mas queremos transpor o horizonte para que possamos ser vistas em todas as áreas, logo...

Contos profícuos surge com a coleta de histórias de transexuais do Mato Grosso. Foram organizadas entrevistas e uma conversa com cada pessoa escolhida para fazer parte deste projeto. Eu buscava histórias que pudessem humanizar a condição das transexuais, mostrar à sociedade que somos de carne e osso, sofremos e sangramos como todos os mortais. Achei emocionante cada relato, alguns por já ter vivenciado algo parecido. Na organização desta obra, eu me comovi, porque me enxerguei em muitos momentos das situações relatadas. O que espero do público leitor é empatia pelas travestis que relataram suas histórias, espero que sinta o que elas sentem e compreenda suas realidades moldadas pela transfobia estrutural, pois poucos compreendem o que é a falta de acesso à educação, à família e a um trabalho formal.

Para a publicação deste livro, por exemplo, foram criadas vaquinhas e mais vaquinhas no intuito de arrecadar o dinheiro necessário, mas, com esse movimento, um sonho se realizou em parceria com muitas pessoas trans maravilhosas que conheci. Estamos criando a ONG Congregação Trans da Mata, que foi a responsável pelo patrocínio deste livro. Essa ONG é a idealização de um espaço perfeito e seguro para pessoas trans. Então...

Prefácio

Queremos criar um espaço para que pessoas transexuais possam viver, ser felizes, ter sucesso e provar à população cisgênero que, por mais que a jornada seja difícil, são pessoas lindas, inteligentes e glamorosas, e dizem para si mesmas todos os dias: "vale a pena ser trans".

Imagine se as pessoas trans fossem respeitadas e aceitas em todos os locais... definitivamente, mais pessoas se assumiriam e parariam de sofrer por não serem capazes de ser quem elas realmente são! Toda a sociedade se beneficiaria disso, assim como a comunidade transexual passaria a ser mais aceita e a sofrer menos violência e preconceito, pois, a partir do momento em que se tornam ativas, elas nos confirmam: "estamos aqui" quebrando todos os tabus, destruindo estigmas, tornando-se presentes nos espaços, demostrando o oposto ao sentimento de ojeriza, mostrando vida, mostrando liberdade e beleza! A Congregação Trans da Mata mostra que é possível viver em um ambiente em que a transexualidade não apenas está presente, mas também é comum e aceitável, para que, assim, possamos todos nos assumir como desejarmos.

Na congregação, as pessoas transexuais não precisam se esconder, queremos torná-las pessoas públicas, fazer delas partes da sociedade que, por muito tempo, foram excluídas, assim como queremos que elas declarem ao mundo, nas formas artística, física e combativa, a sua transexualidade. Por isso, é importante que ocupemos os espaços, que nos façamos presentes nas redes sociais e em palestras, que gritemos ao mundo: "nós existimos!", assim como demostremos a todos o sucesso pessoal e profissional que somos e que podemos ser.

As pessoas transexuais precisam de uma comunidade mais unida, em prol de todas que estão no processo de entrada para esse mundo: é preciso demonstrar que a transição não é totalmente amarga e que pode ser algo satisfatório. Na Congregação Trans da Mata tudo isso é possível. Por isso, tenham uma ótima leitura do primeiro de vários projetos que a congregação oferecerá!

Então, sejam bem-vindes à Congregação Trans da Mata, onde você pode ser quem você quiser! Cansada de lutar diariamente contra o sistema? Cansada da intolerância e do preconceito? Procure-nos no Instagram: @transdamata.

Raphaely Luz, autora e organizadora da obra.

Lupita Amorin, Luisa Nayara Lamar, Angie Hope, Sophie Silva e Melissa Mel, coautoras.

SUMÁRIO

SOPHIE SILVA 17

   I a batalha 17

   II a dificuldade do amadurecimento 19

   III indignação de uma vida servil 21

RAPHAELY LUZ 23

   I A pharsa 23

   II babaca! 25

   III Ser travesti 27

ANGIE HOPE 29

   I 1999 29

   II a culpa 33

   III the pop begins 36

   IV o preço 39

LUISA NAYARA LAMAR 43

   I pré-fácil... difícil 43

   II e depois, melhora? 45

   III amor de quenga 46

   IV enfim, fim! mas a vida continua 48

MELISSA CRUZ 49

   I o pária 49

   II a dor nos caleja a alma 52

   III a metamorfose 54

LUPITA AMORIM 59

   I nasci, cresci, viva estou 59

   II a peleja da travesti preta 62

   III o futuro é das travestis 65

SOBRE AS AUTORAS 69

Sophie Silva

I

A BATALHA

A vida de uma travesti preta não é fácil. Mas você ao menos tem consciência de que está vivendo da forma que sempre quis. Mas enfrenta 24 horas por dia as consequências de estar vivendo da forma que sempre quis, como transfobia, insultos, hiperssexualização, falta de acesso básico a saúde, educação, empregabilidade, meio social, e até ao banheiro, pois isso também nos é negado!

Desde a infância, lembro que já me sentia diferente e me sentia mais confortável com o universo feminino. Lembro-me de ser muito afeminada, calcar sapatos femininos e vestir roupas da minha mãe e irmã escondida, era atraída por meninos, e uma vez cheguei até a dizer a um primo que me perguntara: "o que você gostaria de ser se pudesse nascer de novo? Eu sem titubear respondi: "menina".

Eu era uma criança que crescera numa família católica, e por conta disso, sabendo que eu era tudo que essa religião abominava. Inúmeras vezes chorei no banho, por ter consciência de que não poderia mudar quem eu era. Questionava: por que Deus me fez desse jeito? Seria infeliz? Seria expulsa de casa? O que eu sabia é que era constantemente desprezada e maltratada. Além de temer ir para o inferno, como os adultos me lembravam toda vez, no intuito de me deixar com medo, o que funcionava. Meus pais tiveram que lidar com muitos momentos em que se perguntaram: "Será que meu filho é gay?". Foram chamados diversas vezes à escola para ouvir a diretora falar: Seu filho estava de pegação com os meninos, e isso começou na escola primária. Repetiu-se ao longo do fundamental e aos 13 anos eu me assumi gay, pois achava que seria melhor para lidar do que com a transexualidade, o que eu já sabia que ocorreria. Ao longo da minha infância sofri por inúmeras vezes casos de racismo, hiperssexualização, discriminação, as pessoas já notavam que eu não era uma criança "normal", digamos assim. Notei que eu era tratada de forma diferente das demais por ser uma criança LGBT, mesmo antes de eu dizer algo, já me reprimiam, por me verem numa posição meio que de marginalização, objetificação. Como consequência disso, amadureci muito precocemente e tive curiosidades pelas experiências sexuais muito cedo.

II

A DIFICULDADE DO AMADURECIMENTO

Aos 14, comecei um relacionamento com um garoto mais velho que respeitava minha identidade e isso me ajudou muito. Eu já me vestia com roupas femininas às escondidas, nas casas das minhas amigas, mas ainda sem coragem de sair assim na rua.

Foi só aos 16 anos que eu me abri com meus pais a respeito da minha identidade de gênero (isso é ser travesti, gente). No início, fui chamada de louca pelo meu pai, e a forma como eles me tratavam não mudou, mas o medo e as preocupações que sentiam por mim é que foram se intensificados. Passei a sair sempre com uma muda de roupa feminina (acho tão esquisito roupa ter gênero) na mochila, parava em alguma casa de uma amiga e me vestia e de lá saíamos. Meus pais achavam que dessa forma era melhor, pois morávamos com minha avó e ela não aceitaria. Mas dentro de mim eu sentia que havia uma certa vergonha da parte deles, tinham medo de que o resto da minha família visse como eu realmente era. Então mantinham as aparências, até porque era melhor me submeter a esses caprichos do que ser expulsa de casa como outras amigas foram.

Lembram daquele boy que namorei aos 14 anos que me amava, me respeitava e me aceitava? Pois bem! Aos 17 eu terminei o relacionamento, porque ele havia me trocado por uma mulher cis e, para piorar, ela engravidou. Nada novo sob o sol sermos trocadas por pessoas cis, mas foi minha primeira experiência desse tipo, e eu me senti horrível, incompleta e incapaz, um objeto usado e jogado fora. E, a partir disso, consciente da privação de afeto, carinho, amor e falta de valorização que as pessoas trans sofrem, me coloquei em situações em que me via saindo com homens aleatórios, quase que diariamente, para sexo casual, em momentos de carência. E na minha mente só conseguia pensar que minha vida seria assim, que teria que aceitar, sorrir e gemer! Nessa posição subalterna de objeto de dar e receber prazer, mas sempre em sigilo, esperando a próxima vez que seria trocada, embora eu também os usasse como podia.

Com 18 anos eu conheci alguém que viria a ser meu segundo namorado, no início era tudo bem, atenção, carinho, presença, como aquele bom começo de relacionamento, mas com o tempo o que era carinho, virou carência. O que era atenção virou cobrança. E o que era presença virou obsessão. E assim começou uma tentativa desesperada da parte dele para que nos casássemos e fôssemos morar juntos. Ele dizia me amar. Vocês não têm noção do que isso significa para uma travesti, não o boy, mas o amor. Ele me aconselhava me ajudava, mas quando estávamos juntos era só sexo, sexo, sexo, sexo... sem fim. Muitas vezes eu era acordada de madrugada com ele tirando minhas roupas me penetrando sem o meu consentimento. Isso é o que para vocês? Para mim é um estupro, e eu de alguma forma me sentia obrigada àquilo, afinal ele era meu namorado. Terminei esse relacionamento dois anos depois, ele me via como propriedade dele, seu objeto! Ele não me amava de verdade, ele amava o sentimento de posse por mim. Esse foi meu segundo relacionamento desastroso. Como podem ver, não tenho muita sorte com isso!

III

INDIGNAÇÃO DE UMA VIDA SERVIL

E assim fui vivendo buscando inúmeras relações sexuais com pessoas aleatórias e fui me sentindo mais vazia a cada relação e isso foi me deixando cada vez mais mal, então resolvi que não ficaria com mais ninguém, não beberia nem sairia de casa, iria fazer um retiro, buscando me encontrar, que durou seis meses.

Após esse retiro, eu aceitei que, para mim, para as travestis e transexuais, o amor é algo inexistente. Nós somos aturadas, nunca amadas ou aceitas. Somos úteis para momentos de prazer às escondidas, mas nunca para termos um emprego, uma aceitação social, afeto dentre tantas outras coisas que nos são negadas. Aceitei que minha vida seria assim, EU, feliz comigo mesma, pela mulher que me tornei, mas só, rodeada de amigos, familiares, mas sem nenhum relacionamento afetivo. Afinal... nenhum homem medíocre merece ser amado por uma travesti! Então passei a cuidar mais de mim, a me respeitar e valorizar e tentar descobrir formas de fazer com que eu me sentisse bem comigo mesma novamente.

Nesse período as coisas também não estavam boas na minha casa, estava passando por constantes brigas, humilhações, agressões verbais, psicológicas que beiravam as agressões físicas, por parte do filho mais velho de minha mãe, a quem nem chamo de irmão, pois ele foi o primeiro a me mostrar a transfobia crua, o ódio, o nojo que tem com pessoas trans. Muito antes de sofrer transfobia da sociedade, sofri dentro de casa. Era tratada de forma tão escrota que na rua, na casa das minhas amigas eu me sentia mais confortável. Ele e eu brigávamos constantemente e até hoje brigamos, é o cão esse babaca! Eu me sinto mal até hoje com essa situação, mas ninguém dá a devida atenção, tudo é esquecido, perdoado ou pelo menos fingiam... Cansada de viver assim desde a infância, tentei sair de casa. Motivo principal: meu irmão. Por causa dele e por já não aguentar mais me esconder para minha família, já bastava o sexo às escondidas a que me submetia no passado. Logo decidi me desprender de todos, e começar a viver por mim.

Morei um tempo com uma amiga, até conseguir alugar um quarto numa quitinete e passei a morar sozinha. Às vezes me pegava chorando por ter chegado a esse ponto, por saudade dos meus pais. Mas quando lembrava do que eu passei naquela casa, eu automaticamente me sentia aliviada por ter escapado de tudo aquilo, antes de adoecer ou coisa pior, que seria tirar minha própria vida, como muitas, infelizmente, fazem. A paz que eu tinha quando morava sozinha compensava qualquer outra dor, era tudo que eu sempre quis ter, eu vivia bem comigo mesma e não tinha aquele monstro por perto. Tempos depois, minha irmã foi me visitar, inconformada com o fato de eu ter saído de casa por causa dele e minha família ter aceitado isso (ela também o odiava). Nós jantamos, ela foi embora e eu fui dormir. No outro dia eu estava na casa de uma amiga quando a minha irmã apareceu lá, dizendo que conversou com meus pais na noite após sair da minha casa, e que todos estavam arrependidos e queriam que eu voltasse, pois, as coisas seriam diferentes dessa vez. Eu relutantemente decidi dar outra chance, e voltei. Por um tempo as coisas até mudaram, eu podia ser eu mesma, podia me vestir como quisesse, meus pais me aceitavam e apoiavam incondicionalmente, mas não demorou muito para eu voltar a sofrer nas mãos daquele cão transfóbico, que se dizia ser meu irmão mais velho, mas nunca cumpriu o papel de um irmão, eu não via dessa forma. Então, para mim, ele é apenas uma lembrança recorrente da transfobia, que posso sofrer em qualquer local.

Hoje, saio novamente de casa, vejo que estou confortável e contente com a mulher que estou me tornando. Ainda tenho que lidar com o preconceito, e estou cansada de lutar contra a hiperssexualização constante, objetificação, desrespeito... sei que as coisas não vão mudar tão cedo. Sendo assim, resolvi que o melhor é cultivar meu amor próprio e o amor por quem está por perto e me ama.

A sociedade nos mata a cada dia, nos desvaloriza, nos usa, mas vejo que na minha comunidade, com o apoio das minhas e dos meus pais e irmã, irei longe, independentemente do quão injusta e cruel seja a vida de uma trave.

Raphaely Luz

I
A Pharsa

Quando eu nasci, colocaram-me o nome de Rafael – Raphael com "PH". Nunca gostei desse nome. Minha mãe também não era de acordo, mas da cama, depois do parto normal, não tinha muito pelo que optar – isso de acordo com meu pai, machista como é, não pensou duas vezes e colocou o nome que desejava. E assim cresci sendo zoada pelos meus amigos de escola onde todos me chamavam de Rapael, pois para eles não fazia sentido algum Rafael com PH e, quando indagava aos meus pais sobre meu nome, eles diziam que era como se escrevia "pharmacia" antigamente. Então, eu me questionava: "o que tenho a ver com a farmácia?". Mas, tudo bem! Vida que segue. Sempre fui uma criança que diziam ter "AFETAÇÃO". Que maldição era essa, afetação? Eu não sabia, mas ouvia meus parentes comentando um com outro, falando que no futuro eu iria dar problema.

Quando eu estava com 12 anos, apaixonei-me por um amiguinho da quadra. Seu nome: Luiz. Ele era conhecido na galera por já ter feito troca-troca com o Diego, um menino mais velho do quinto andar e eu, santa Rapha, fiquei incumbida de tomar conta do Luiz para que ele não fizesse "besteiras" de novo – "besteiras", como era definido entre a gente. Eu e Luiz morávamos no mesmo prédio, na mesma quadra, e nossas escolas ficavam de frente uma para a outra. Não demorou muito para que nossas famílias se revezassem para nos levar à escola. Eu e Luiz ficamos cada vez mais próximos, pois dormíamos um na casa do outro, até nos dias de semana. O tempo foi passando e um sentimento pelo Luiz crescia cada vez mais, não sabia ao certo o que era aquele desejo, mas não conseguia tirar o Luiz da cabeça e também não conseguia parar de pensar no que a minha família extremamente conservadora e tradicional iria pensar daquilo. Ficava horas martelando o problema que iria causar e a decepção que causaria ao contar para minha família que eu sentia atração por meninos. Não demorou muito, achei o que, no momento, poderia ser a melhor solução: acabar com minha própria vida, antes de causar para qualquer um deles algum tipo de decepção, por não corresponder às expectativas que tinham sobre mim. Sendo assim, tomei todos os remédios da caixa de medicamentos da minha casa, achando que dessa forma iria morrer. Obviamente, não foi um plano mega elaborado, talvez, o que queria, naquele momento, era só chamar atenção, para que alguém que estivesse próximo a mim me escutasse e me apoiasse. Resultado: acordei no hospital com uma dor lascada no estômago e todos me olhando com uma cara de "por que você fez isso?". Se é que essa cara existe. Todos me indagavam o motivo e eu apenas me mantinha calada, pois sabia que o que eu tinha para falar não seria aceito por ninguém que ali estava.

Após a tentativa fracassada de suicídio, fui obrigada a fazer psicoterapia, o que me ajudou bastante a descobrir quem eu era. Mesmo assim, resolvi que o melhor era viver minha vida escondido, isto é, no armário! Então, declarei-me para o Luiz e começamos a ter um caso sigiloso, o que, para um pré-adolescente de 13 anos, era muito difícil de lidar, pois sempre tinham menininhas que davam em cima de mim ou do Luiz, e nossas brigas normalmente eram por esse motivo. Aquilo me incomodava cada vez mais, ter de me comportar de um jeito na frente dos nossos amigos e com o Luiz, de outro, vivendo secretamente nosso romance marginal.

II

BABACA!

Noites a dentro, eu me deslizava para cama do Luiz, e por debaixo das cobertas afagava com minha mão quente o seu peito e o acariciava levemente, apoiava minha cabeça em seu ombro e sentia como se um sentimento me dominasse. Luiz me tocava com carinho e um olhar tão singelo que me estremecia a alma. Na minha cabeça, imaginava que havia encontrado o homem da minha vida, aquela mão macia correndo meu corpo enquanto nos beijávamos e nos roçávamos a madrugada inteira. Eu, mais assanhada, não perdia tempo: descia beijando seu pescoço peito e barriga seguindo aquele caminho com poucos pelos, que me levavam para aquela viga tépida e rígida e o esfriava com minha boca. Nossa, que sensação maravilhosa. Ali, eu percebi claramente que não me encaixava ao modelo das pessoas ditas normais.

Nossa relação se tornava mais estreita a cada momento que passava, até que um dia falei para o Luiz que queria transar com ele. De fato, fazer tudo que não tínhamos feito, me referindo à penetração anal. Então marcamos o dia, a data e o horário – tudo como gosto: planejado e calculado. Só não contávamos com a presença antecipada da mãe do Luiz, que nos flagrou subitamente no momento mais impróprio, na minha tão idealizada perda da virgindade. A mulher, quando me viu na cama e o filho dela sobre mim, não sabia o que falar ou fazer – ficou catatônica. De repente, começou a esbravejar, a falar palavrões e me expulsou aos empurrões e puxões da sua casa, proferindo a seguinte frase: "Se você se aproximar do meu filho vou contar tudo à sua família". Novamente, me vinham pensamentos, como marteladas na minha cabeça, perguntas e pensamentos como: "e agora, o que eu faço?", "conto ou não conto?", "pelo menos agora ela sabe da gente", "agora posso ficar junto do Luiz na frente de todos", "posso finalmente sair do armário."

Chegando em casa, contei para minha família que era gay. Todos ficaram abismados e vieram com aquela frase chavão: "isso é só uma fase." Eu não via a hora de encontrar o Luiz e dizer que havia contado a toda minha família meu amor por ele, mas ele preferiu manter distância e continuar no conforto do seu armário. Essa foi minha primeira decepção amorosa. Não sabia o que fazer. Aquela decepção foi uma das maiores que já tive, pois achei que Luiz faria o mesmo pelo nosso amor, me abraçaria na frente do mundo e diria que me amava. Somente no meu sonho, né?

Mas, de fato, concordando com meus familiares, era só uma fase, pois nos dois anos seguintes vi que eu não era gay – não era como eu me sentia. Desse modo, sem mais casulos, botei minha cara ao sol e disse para mim mesma e para o mundo: "Eu sou uma mulher trans". E, assim, fui expulsa da minha casa, pois minha família, que deveria ser meu refúgio, era religiosa demais para me aceitar. Viviam me punindo de todas as formas que conseguiam. Meu tio, por exemplo, me perseguia e me batia. Minha mãe havia virado evangélica e não parava de fazer piadas e ofensas gratuitas à minha sexualidade. Meu pai parou de falar comigo desde quando me revelei. Todos, ao meu redor, me condenavam e falavam que aquilo era errado e esse ambiente, que antes era meu paraíso, foi se transformando em uma masmorra de violência e tortura, se tornando, cada dia mais, um ambiente hostil, o que foi me despedaçando por dentro, pois eu era uma pessoa muito apegada à minha família. Não via outra solução que não fosse me afastar dessas pessoas que faziam com que me sentisse tão mal – um verme que devia andar rastejando nas noites escuras como um dia fiz, escondida para a cama do Luiz. Babaca! Quanta mágoa guardava dele.

III

SER TRAVESTI

Eu fui me transformando, comecei a fazer terapia hormonal e, por sorte, consegui um emprego com um velho tarado que vivia me molestando. Mas, ali dava o meu próximo passo: vivia minha transição escondida, juntando dinheiro para que, um dia, pudesse sair e ser quem eu sou de verdade. Como não conhecia muita coisa, fui pedindo assistência a todos que pareciam me apoiar – digo "pareciam" porque nem todos, de fato, queriam ajudar. Muitos amigos de outrora tinham vergonha de estar ao meu lado por ser uma pessoa assumida e diferente, mas um dos meus melhores amigos não me deixou na mão quando precisei.

Daniel e sua família sempre estiveram do meu lado, eles sabiam, antes mesmo de mim, o que eu era e nunca deixaram de me apoiar. Ali, na casa de sua avó Lilian, era o pequeno momento que novamente me sentia fazendo parte de uma família que me amava. Portanto, sempre que podia, vivia na casa deles, sempre me davam comida, um lugar para dormir e carinho, o que de fato eu não recebia mais. Aquele sentimento que um dia tive nos braços do Luiz se transformava em amargura, com as batalhas pela minha sobrevivência, uma luta atrás da outra, diante de tanto preconceito, para ser quem eu realmente ansiava ser. Logo descobri, próximo à casa do Daniel, um tratamento em um hospital que lidava justamente com pessoas como eu. Pela primeira vez, fui ter contato com diversas pessoas e vi que não estava sozinha nessa empreitada. Lá, algumas já eram lindas – todas montadas, musas da minha vida!, e outras como eu, dando seus primeiros passos na transição. Eu olhava aquelas deusas com peitões, bundões, lindas... E todas cheias de si. Eu pensava que um dia seria assim.

A terapia levava um ano e meio. Eu não via a hora de arrancar aquele maldito pênis de mim. Um dia, no atendimento com a psiquiatra do programa, ela me perguntou sobre os meus desejos, o porquê de eu querer operar. Eu disse em bom e alto tom que não me sentia bem com meu pênis e, por isso, queria a cirurgia. Ela me perguntou sobre casamento, se eu queria me casar. Depois da minha frustação com Luiz, eu não queria saber de homem tão cedo e então respondi que não. Ela então perguntou sobre o meu desejo de ter filhos e eu falei que não tinha esse desejo, pois não acreditava que o mundo fosse um lugar legal para se criar pessoas. Depois, ela me perguntou sobre minha sexualidade. Eu falei que já havia ficado com meninas, no passado. Afinal, tinha que manter as aparências, e disse que até gostei daquelas que beijei. Logo, ela disse que eu não estava apta à cirurgia, que, na verdade, eu era uma travesti. Pensa numa pessoa que virou um cão! Ser chamada de travesti era uma ofensa, por todos os estigmas que o nome evoca. Eu me levantei, joguei a mesa dela para o alto e falei aos berros quem ela pensava que era para dizer o que eu sou ou não sou, o que eu devo gostar ou não, e a chamei de detentora da cirurgia. Por fim, a mandei tomar no [...], bati a porta da sala e saí enfurecida pelo corredor do hospital. As trans que aguardavam o atendimento ficaram perplexas com o show, e uma dessas deusas que aguardava atendimento correu atrás de mim pelo corredor para perguntar o que tinha acontecido e eu, esbravejando, contei que a psiquiatra havia dito que eu era travesti e que não tinha direito à cirurgia. Andreia, a trans, então, (sábia como uma deidade, catártica...), falou que pouco importava o que eles acham ou como nos definem, o que importa para nós é a cirurgia, que eu só deveria falar o que eles querem ouvir: "que você é uma menina como qualquer outra, que quer casar, ter filhos, constituir família e cuidar do marido, pois é isso que eles querem que façamos, que nos encaixemos nos moldes criados por eles".

Carrego essas palavras comigo até hoje para não ser esse molde padrão que eles desejam e sim para ser a TRAVESTI que sou!

Angie Hope

I
1999

Quando nasci, 14 dias antes do fim do milênio, o nome que me foi "concebido" foi Henrique, nome que nunca foi do meu agrado, mas, afinal, o que poderia fazer?

Não tive muitos grandes casos em meus primeiros cinco a seis anos de minha vida, pois minha mãe tinha problemas psicológicos e vivia uma vida muito reclusa, sempre que podia alfinetava as gays. Passamos por tantos maus bocados, que a menor das preocupações da minha família era o que eu era ou deixava de ser. Mas havia uma leve vigilância e uma série de olhares que, mesmo sem nenhuma palavra, conseguia-se ouvir o bordão mais cafona e, consequentemente, foi o que eu mais ouvi durante a minha infância, o famoso "vira homem". Minha família inteira sempre fazia comentários e questionava minha suposta "masculinidade", de maneira discreta, pois era tratado como um bibelô da casa (filho caçula) e eles temiam que eu percebesse os tais comentários. Sempre tive que lidar com a forma como eles agiam e o que pensavam sobre mim, por mais que fizessem comentários que só a minha mãe entendia, eu já sacava o que queriam dizer, por mais discretos que tentassem ser.

Na escola, eu vivenciava esses comentários de forma explícita, por esse motivo entendia o que minha família queria dizer.

Desde a primeira vez, no colégio, mesmo por pessoas da minha idade, já ouvia isso ou xingamentos como "bichinha". Lembro-me de uma vez em colégio que estudei, que dois rapazes, já bem maiores do que eu, queriam sabe-se lá o que, fazer algo comigo, era tão pequena que nem sabia por quê dois rapazes tão "grandes" estavam dizendo tais coisas. Lembro-me de sentir medo, de me sentir ameaçada e de contar os minutos para que meu irmão mais velho chegasse e me levasse para casa. Quando ele chegou, pedi que entrasse na escola e que me "escoltasse" até a saída. Enquanto saímos, meu irmão trombou com os dois meninos e disse que não queria ter que voltar lá ou eles iriam se arrepender. Mesmo tendo nascido de forma prematura e ter tido um osso de sua coluna fraturado fazendo com que ele não se desenvolvesse da mesma forma que os meninos de sua idade, para mim, ele nunca esteve tão grande. Cheguei a mudar umas duas vezes de colégio e era sempre a mesma situação. Hoje, olhando para trás, eu me pergunto como essas crianças tão pequenas já sabiam usar essas palavras, como "gay" ou "bicha" de maneira tão pejorativa, e realmente com a intenção de afetar o próximo.

Minha mãe vivia deitada, por conta da depressão, meus primeiros anos foram assim, como descritos, monótonos, sem muito ritmo e muito menos poesia. Minha vó que me perdoe, mas quando ela adoeceu e minha mãe se viu forçada a se mudar para ficar mais perto dela, em Cuiabá, para que pudesse apoiá-la, no que seriam os últimos dias de sua vida, algo em mim queimou instintivamente. Morávamos longe dos demais de nossa família e o acesso ficava restrito a apenas uma vez por ano, que de longe eram os melhores dias. Quando minha vó faleceu, minha mãe decidiu ficar em Cuiabá, e mesmo que ainda doente, eu via um brilhinho em seus olhos, como se algo voltasse ali, aquele pequeno fôlego de vida.

Como já não morávamos mais em prédios, mas minha mãe já tinha retomado seus trabalhos, meus contatos com outras crianças começaram surgir. Minha mãe era manicure, e eu, como "filho caçula", sempre a acompanhava quando ia atender suas clientes, e aquelas que tinham filhos da mesma faixa etária, para mim já era uma oportunidade de socialização (sempre fui como uma cadela, louca por sociabilização! kkkk).

Sou de uma família simples que não teve condições para comprar todos os brinquedos que queria, e outros, então, só ficavam em meus sonhos, como aqueles considerados apenas para meninas. Com isso, cada ida à casa de uma cliente de minha mãe poderia ser como um parque de diversões. Não sabia o que iria encontrar ali, mas ansiava para que fosse algo super rosa. Os brinquedos dessas coleguinhas que me marcaram muito foram aqueles que, em uma lista elaborada, diziam o que cada um deles me fazia sentir, desde "quero para mim" a "isso foi feito pra mim". Eram três.

Casa da Polly Pocket. A menina que tinha essa casa morava na rua da casa da minha vó, era incrível quantas peças ela tinha, quantas roupas, carros e até mesmo um namorado. Mas a casa da Polly era muito pequena, mesmo que tivesse muitas peças, a Polly era pequena e não me agradava muito mudar aquelas roupas de borracha.

Jogo de Cozinha. Achava fascinante tudo aquilo, pois tinha tudo que tinha na cozinha da minha casa, em versão miniatura e de plástico. Muitas invenções malucas ali eram feitas, como terra e grama que eram grandes ingredientes para fazermos o "papazinho". Até mesmo de *Desperate housewives* nós brincávamos ali. Na época, não percebíamos nada demais, era tudo apenas uma diversão. Mas, hoje, podemos ver como esses brinquedos são criados para dizer que uma mulher, desde pequena, deve saber servir, ou já brincar de esperar seu marido enquanto cozinha.

Boneca gigante. Era uma dessas bonecas que devem ter uns 70 centímetros de altura, e essa era belíssima, *pop perfection*, era um *mix sensations*, quando eu a via com aquele imenso cabelo preto ficava louca. Ela era perfeita, suas botas longas e pretas me causavam uma admiração que, na época, não conseguia compreender. Quando eu a via eram somente emoções! Acredito que conversava mais com a boneca do que com a minha própria amiga, que, por um acaso, era a dona... Acho que um brinquedo nunca marcou tanto minha vida.

Querer ter a posse daqueles brinquedos tão específicos já poderia dizer um pouco sobre mim, não de maneira gritante, mas dizia, e quando aparecia alguém (principalmente minha mãe) eu tentava disfarçar para não ser repreendida.

Com a nossa mudança, tive que mudar também de escola, mais um colégio novo e mais uma vez zumbidinhos em meus ouvidos. Eu tentava relevar de todas as maneiras para que aquilo não me afetasse, mas afetava e eu tinha até mesmo medo de que pudesse chegar aos ouvidos de minha mãe e, pior, que ela brigasse comigo (pasmem, era violentada na escola por conta do meu comportamento afeminado e, quando chegava em casa, caso ela soubesse de algo relacionado ao meu comportamento, ela brigava comigo, nunca me defendia).

II
A CULPA

Ahhhhh, anos 2009... Teria ano mais emblemático para mim do que esse? Creio que não. Em apenas dois anos que morei em Cuiabá, já tinham sido bem mais animados que todos os que tinha vivido num lugar chamado carinhosamente de "vegê". Com o meu círculo se expandindo, o frequentar de novos espaços, os zumbidos que me assombravam antes, agora eram mais fortes. Foi o início da minha culpa, do meu medo, foi o início da minha ansiedade.

Minha mãe, que era evangélica, sempre frequentava a igreja e nem mesmo lá esses zumbidos paravam, até mesmo por parte dos filhos dos pastores que, cá entre nós, eram os próprios demônios daquela igreja. Fui muito insultada, sempre excluída da rodinha dos garotos e também pelas "evangeliteens". Acabava buscando refúgio em um fone de ouvido, plugado em um celular, que a função mais legal era a rádio, e eu ouvia sem dó! Eu me enfiava no meio dos carros da igreja e ficava escondida ouvindo música. Até que, uma vez, fui questionada por uma das crianças sobre o que eu estava ouvindo, e sem pestanejar, disse que estava ouvindo Mariah Carey, e que a música que ela cantava era a minha preferida (afinal de contas, quem não estava obcecada pela Mariah em 2009?). Ele, por sua vez, olhou dentro dos meus olhos, com olhar de quem me julgava ou só queria mais um motivo para me dizer "essa música é do diabo, Deus está muito triste com você". Lembro-me de me abster daquela igreja por um ano inteiro.

Minha mãe tinha uma amiga em outra igreja, que era mais simples, não tão "nobre" como a que frequentávamos, e isso a tornava mais aconchegante. Todas as quintas íamos à igreja, pois lá distribuíam sopão, e minha família, por ser carente, não dispensava uma boa comida. Porém, foi lá que, pela primeira vez, eu me senti culpada.

Chris... o Chris era tão bonitinho, tão fofo, tão gostoso e ainda tocava bateria, ahhh. Enfim, era devastador pra mim. Eu já tinha tocado em um guri meses atrás, trocado carícias e beijos, já tinha até sentido culpa, mas o Chris foi o primeiro que despertou realmente algo em mim. Nosso não contato era muito estreito, ele já era um tipo de *Rockstar* descolado, ao meu ver. Tentei várias formas e maneiras articuladas para atrair sua atenção, ia à igreja em qualquer dia, somente para tentar mais um de meus planos. Infelizmente, não deu certo nenhum deles, a única vez que eu cheguei mais perto de sua atenção foi quando ele, gentilmente, aceitou que os meninos ou *groupies*, tocassem a bateria. Quando chegou minha vez, eu simplesmente travei, senti uma sensação horrível seguida de uma vontade de correr e, depois que sai de cena, me tranquei no banheiro. Era muito bizarro sentir aquilo, e sempre que me permitia ter aquele desejo, eu me encarava e me via como alguém insana, pois estava me deixando levar por aqueles pensamentos que me diziam não serem corretos. O tempo foi passando, e eu permitia vez sim, vez não, àqueles pensamentos. Quando, um dia, eu deitei e, me permitindo a um devaneio, fechei os olhos e o vi, depois, me vi... e, adivinhem, eu estava usando uma bota, tinha um cabelo comprido até a bunda, até mesmo seios eu tinha, era uma puta boneca gostosa. Lembram-se da boneca gigante? *She's back, bitch!* Depois de admirar aquela cena, que estava fixa somente em minha cabeça, logo me senti culpada, abri meus olhos o máximo que podia e, naquele dia, eu dormi de olhos abertos com medo/ desejo de ver aquela cena de novo.

Na semana seguinte, eu corri para igreja como se fosse a primeira pecadora. Naquele dia em especial, para minha surpresa, havia muitos outros jovens com suas "tribulações", e estava tão forte a "unção" que o culto foi estendido, continuando com a roda de oração dos jovens até para bem mais tarde. Eu que já tinha ido aos embalos de sábado à noite, naquela roda de oração já tinha chorado todo o pânico que corria pela minha cabeça, e deixando-me levar por um momento de insanidade, declarei ao pastor, junto de minha mãe, o tal devaneio. Claro que não contei a parte em que eu estava com o filho do pastor (Chris era o filho do pastor). Descolado mesmo, não é? No que eu terminei de proferir tais palavras, eles caíram de oração pesada em cima de mim, ordenando para que todos os demônios saíssem do meu corpo. Quando você é uma criança e conta para alguém que você se viu à noite como se fosse Megan Fox e a pessoa diz que isso é obra do demônio, o que você faz? Chora! E eu chorei, nem sabia que podia chorar tanto, foi a primeira vez que tive uma enxaqueca depois de tanto chorar.

Depois de ter passado pelo que eu esperava ter sido o "exorcismo de Emilly Hope", Hope, por sua vez, parecia não ter sido de fato "exorcizada". Eu era muito nova e já era muito sensual, não sabia com quem conversar sobre esses assuntos, porque, além de achar que isso era errado, achava que as pessoas não iram me compreender – eu mutilava aquele sentimento. Mas, a feminilidade sempre esteve na minha vida, porque nunca fui encaixada nos moldes masculino ou feminino.

III

THE POP BEGINS

Um murmúrio começou a rolar, boatos a se espalhar, uma onda de rumores começou a correr e todos eles diziam a mesma coisa: LADY GAGA. Eu queria saber quem era essa Lady Gaga de quem todos falavam, e eu descobri sua música e foi incrível. Logo de cara, já estava superantenada em tudo que ela lançava, estava sempre na espera por mais. Quando ela lançou a melodramática *Papparazi*, eu fui a delírio, eu não conseguia conter minha empolgação. Um dia minha mãe saiu para resolver umas coisas, meu irmão estava petrificado em frente do computador, eu de fininho entrei no quarto da minha mãe, levei o rádio comigo, fiquei esperando para que o grande hit tocasse, e quando ele tocou, meus caros leitores, eu estava preparada, já tinha separado os sapatos, o óculos e um sutiã. Coloquei tudo bem rapidinho e comecei a fazer uma performance e a dançar, eu me sentia a própria Lady Gaga, enquanto eu pisava no colchão com o salto, o óculos de maneira meio que bizarra, assim como era a Lady Gaga naquela época. Infelizmente minha felicidade durou bem pouco, porque no final da música minha mãe entra no quarto de maneira avassaladora, não dando nem mesmo um segundo para que eu disfarçasse, mas acho que não tinha nem como disfarçar a cena. No momento em que ela me pegou com a boca na botija eu desabei em um choro que era a mistura do choro com uns gritos de pânico, enquanto ela gritava que a Lady Gaga era um demônio, eu corri para o banheiro e lá me escondi por três horas, enquanto ainda chorava e fazia um barulho que parecia um grito. Depois de horas de sofrimento, sai do banheiro e decidi nunca mais tocar no assunto, como se nunca tivesse acontecido. Então, fui pra igreja, chorei por ter medo de ser quem eu sou, chorei por ter medo de amar quem eu sou, e acreditei, por um bom tempo, que estava sofrendo algum castigo. Sempre que era "desmascarada", imediatamente caía no choro, sempre que me pegavam, eu entrava em desespero. MEU SANTO DEUS, MAS QUE VERGONHA!!! Fui pega uma vez dançando Lady Gaga, sentia como se fosse realmente morrer de vergonha, só não doeu mais do que o dia em que fui pega com restos de maquiagem no rosto...

Aquela não foi a última vez em que eu fui desmascarada diante de meus familiares, fui pega outras vezes usando salto e maquiagem. Há rumores sobre o que eu supostamente estaria fazendo com meus amigos, e essas fofocas só aumentavam (graças a Deus a lista completa de amigos com quem eu transei não foi divulgada). Cansada de me esconder ou de ter de sentir toda aquela culpa, mesmo sendo tão jovem, acabei tendo uma série de surtos, que resultou na "grande revelação" de que, talvez, eu não seria nem um pouco o que eles idealizavam.

Digamos que aquela foi a era blackout da minha vida, só que ao contrário de Britney, eu já tinha minha cabeça raspada e decidi, de uma vez por todas, deixar que meu cabelo crescesse. Cheguei a passar em uma prova que eles queriam muito que eu passasse desde que entrei na escola, mas aquilo ainda não era suficiente para que causasse algum orgulho a eles. Isso foi me aborrecendo cada vez mais, aquela falta de apoio me abalava, cada vez mais, de maneira que eu sempre tinha uma discussão terrível antes da aula, já chegava aos prantos no colégio. Aquilo foi me desestabilizando cada vez mais, acabei me envolvendo com drogas aos 14 anos e comecei a "cagar" para os estudos (a era blackout estava formada).

Os anos se passaram e eu fui entendendo que, mesmo jovem, eu deveria passar por uma fase de amadurecimento, que já não tinha com quem contar. Fui me afeminando cada vez mais, até mesmo os rapazes gays já se distanciavam de mim, já não era mais o "tipo" deles. Naquela altura, a rejeição de gays normativos já não me abalava mais, já tinha sofrido a rejeição da minha própria família. Foi quando ressurgi das cinzas, para ser o que eu gosto de chamar de A Fênix do Pop. Eu buscava todos os dias descobrir mais sobre mim mesma, de uma perspectiva que nunca me foi permitida, e que até mesmo eu me repreendia. Tive duas pessoas, apenas, que foram de extrema importância nesse processo, que me deram apoio, desde abrindo a porta de suas casas para mim a serem as primeiras a me dizer que eu estava linda. Tanto Mariana quanto Wesley sempre serão lembrados em minha memória, por terem me dado a mão de maneira tão nobre e gentil.

Depois de passar por esse processo de descoberta e aceitação, eu entendi as complicações sociais de ser uma travesti, e este foi mais um baque pelo qual eu tive que passar, mas, para minha sorte, eu já estava mais preparada emocionalmente. Aos 18 anos decidi que era hora de ter meu próprio canto, e, sem ao menos saber como iria pagar minhas contas, aluguei uma casa com outra amiga e decidimos, então, começar nossa vida. Morávamos em uma casa que só tinha um cômodo e banheiro, além disso, era muito quente, o banheiro não tinha porta e ainda tinha goteiras (kkkkk... êêê vida). Era simples, mas era o que dava para pagar. Procurei emprego em todos os lugares, acredito que entreguei mais de 200 currículos e nenhuma das empresas me ligou. Fiz bicos e freelances como faxineira, chapeira, em campanha política e, até mesmo, como pedreira. Não tinha vergonha, afinal, era preciso pagar as contas.

Depois de um tempo, essas oportunidades foram ficando mais escassas, e tudo que tinha ouvido na minha infância voltava a me assombrar. Tentei de tudo para que eu não tivesse que recorrer à prostituição, que é um estigma em nossas vidas, mas é como se fossemos empurradas todos os dias a isso, e ainda somos culpadas e julgadas, quando precisamos nos prostituir. É a dura realidade, todos os dias eu ouço algo sobre os sonhos de outras meninas, meninas mesmo, travestis, não gays de perucas. E quando já não tinha mais para onde correr, ou já nem sabia mais pra onde, em um domingo à noite em uma mesa de bar, veio a proposta, que por sinal foi um alívio, afinal, nunca fui de ficar parada, e se aquilo ia colocar comida em minha mesa, era o que estava faltando. Decidi, então, aceitar.

IV

O PREÇO

Já pensou qual é o seu preço? Qual é o meu preço? Eu penso: qual é o preço que se paga por ser uma grande gostosa? Sempre me pego pensando sobre isso. Realmente pagamos por ser uma grande gostosa? Penso que sim, pois, tudo isso, afinal, não deve acontecer de graça. O preço que a gente paga é caro e começa desde o nosso nascimento até o dia de nossa morte, que, por sinal, pode ser bem precoce: travestis morrem todos os dias no Brasil. Vivemos uma média 35 anos, se passamos disso já é uma vitória. Não sabemos o que nos espera, nem quem nos espera. Qual é o seu preço para ser uma grande gostosa? O meu preço eu pago, e tenho medo de que ele fique mais caro. O meu preço eu pago, mas quem quer comer acha que está "muito caro". Afinal, porque eu pagaria tanto para transar com um travesti como você? Que não tem nem peitão, nem bundão? Esse é o preço que eu pago.

Outro dia, estava andando na rua, indo ao encontro de outras amigas, quando um homem passa na rua e a única coisa que ele me diz é "quanto". Quanto o quê? Quanto do quê? Ele não se identificou, nem mesmo disse bom dia, mas queria saber quanto era o preço de minha carne. E este não foi o primeiro que se dirigiu a mim para me fazer alguma pergunta, que me deixasse um tanto desconfortável. Um dia, sentei para fazer um lanche, que por acaso quem o preparava fazia muito mal. Estava eu linda, sentada, comendo um cachorro-quente e assistindo ao jornal que passava na pequena TV. Comi todo meu lanche, bisbilhotei mais algumas coisas que passavam na TV, quando senti que era minha hora, fui pagar meu lanche. Quando eu cheguei até ele, de cabeça baixa, pegando o dinheiro em minha bolsa, o encarei para entregar a nota de 20 reais, que por coincidência tinha sido meu único feito naquela noite, antes mesmo de dizer algo, ou de entregar meu troco, ele me perguntou "qual é o ponto que você está trabalhando?" e logo depois soltou uma risadinha. Em seu olhar, pude ver que ele não tinha interesse em ser meu cliente, mas que estava apenas zombando, e eu vi que ali, meu preço, aquele dia, tinha sido pago.

Coloquei Hope no meu nome para que, por mais difíceis que as coisas possam ser, eu me lembre de ter esperança. Parece meio clichê, às vezes, acho meio cafona, mas se tirarmos a esperança, quem sabe o que nos espera numa próxima sombra. Paguei por muito tempo o preço da culpa, em cada esquina de cada rua tinha medo que alguém revelasse algo que eu já tinha feito, e enquanto andava pela rua, cheguei até mesmo a zombar de uma travesti que morava no bairro, para ver se eu levantava "a minha moral" com os outros meninos da rua, que afinal adoravam me ver nua. E eu sempre vou levar essa culpa, porque por mais que eu sempre sentisse que aquelas palavras tinham sido duras, aquela travesti morreu, sem eu ter tempo de pedir desculpas. Eu nem contei ainda sobre o preço que paguei por ter então "saído do armário". Nunca ouvi tanta maldição proferida sobre mim, me senti em um desses filmes de bruxas que jogam maldições, lançam feitiços e fazem o tempo ficar todo escuro. Só que tudo aquilo não era um filme, era uma tarde de domingo e todas as "bruxas" eram quem eu esperava que estivessem comigo. Pobrezinha.

Cheguei a apanhar, graças a Deus, pouco. Fui expulsa de casa, mas me trouxeram de novo, e já perdi as contas de quantas pessoas oraram por mim no intuito de tirar aquele "demônio" de mim. Já desesperada, minha mãe me levou a uma de suas comparsas para que ela também orasse por mim, e aquilo foi tão bizarro quanto o primeiro filme de bruxas, daquelas que têm uma verruga enorme na ponta do nariz. Eu teria fugido dali bem depressa, mas ela me apertou pelos braços, de maneira tão forte que depois os senti todos doloridos. Ela disse que meu futuro seria a prostituição e que certamente iria morrer de Aids em algum beco, enquanto usava todas essas drogas mais pesadas. E o mais horripilante era a forma como ela falava, ela chegava tão perto de meus ouvidos para me dizer tais coisas que era impossível não ouvir e, por um momento, achei que iria novamente apanhar, mas suas palavras certamente doeram muito mais. Depois de ter me apavorado até meu último fio de cabelo, ela decidiu fazer uma dessas orações pentecostais, que são pra lá de bizarras. Elas me colocaram no meio, passaram todo tipo de óleo "santo" que tinham e começaram a orar em outras línguas que elas denominam como "língua dos anjos". O circo estava formado, e eu tinha certeza de que iria ser exorcizada. Depois que elas terminaram, falei imediatamente para minha mãe para irmos embora, com lágrimas escorrendo por todo meu rosto, o passo muito apressado e uma feição assustada. Quando cheguei em casa, e me olhei no espelho, sabia que estava pagando o preço.

Afinal, qual é o preço que pago por ser uma grande gostosa? Sempre me pego pensando sobre isso. Pagamos mesmo esse preço? Sim, pagamos, e às vezes pode ser bem caro. Com uma expectativa de vida na casa dos 35 anos, todos os dias uma travesti paga o preço por ser uma grande gostosa, e como paga! Eu pago o meu, e tenho medo de que ele fique mais caro, tão caro que um dia já não possa mais pagar. Afinal, somos expulsas de nossas próprias famílias, não somos respeitadas em escolas, ninguém nos contrata profissionalmente, e sair de mãos dadas com uma na rua? Nem morto! Sou travesti, e ainda estou viva. Mas o meu medo é até quando... será que vou conquistar o mínimo do que sempre quis na vida? Ou será que eu vou ser morta na próxima esquina?

Meu nome é Angie Hope, pelo menos é o nome que eu acho que se assemelha a mim quando me olho no espelho. Tenho esperanças de que um dia nossa vida não será assim marcada por dores e, no meu caso, por exorcismos. Espero mesmo, do fundo no meu coração, que essas pessoas preconceituosas sumam da face da Terra e que se dê liberdade para o nosso grito de esperança! I hope...

Luisa Nayara Lamar

I
PRÉ-FÁCIL... DIFÍCIL

Transicionei lá no interior do meu Mato Grosso, quando estava por volta dos meus 15 pra 16 anos. Foi uma loucura porque eu estava no ensino médio. Todos me viam como um viadinho afetado (entre outros três ou quatro que tinham na escola, e que davam pinta como euzinha). Mas e aí? Como as coisas passariam a ser dali em diante?!

Antes de falar pra qualquer pessoa sobre transicionar, eu fiquei por uns dois anos no computador que eu tinha pra estudar, pesquisando sobre transexualidade e travestilidade, para entender como aquilo tudo funcionava. Basicamente, muito perplexo – no maior estilo Mulher Pepita –: "Caralho, que porra é essa?". E foi assim que me entendi transexual, travestigênere, não binária, travesti ou simplesmente: Luisa Nayara (fofo, não?). Para mim, tudo fez sentido quando eu fui estudar sobre travestilidade. Depois de muito fazer piadas (que aprendi na vida) sobre "traveco" e a chamar as minas de "traveco", fui de um viadinho tóxico pra uma transex anarquista pansexual ("HAHuahuahauHAUHuHAuHAUAH").

Lembro quando eu era pequena e via dona Terezinha (mamãe, faleceu quando eu tinha 10 anos), admirava seu corpo. Imaginava, na minha cabeça, que um dia teria um corpo como o dela, com as curvas voluptuosas e tetas fartas. Lembro até de pedir pra ela deixar o meu cabelo crescer, pois eu achava que de alguma maneira isso refletiria em mim também (ela não sabia dessa parte), e deixou meu cabelo crescer porque eu queria. Antes de dizer para o meu pai que eu era travesti, eu decidi fazer um teste: ir à festa junina da minha escola montada pra dançar com as garotas. Ele até brincou: "só não vai virar travesti, hein?" (kkk). Lembro-me de rir com medo. A sensação pra mim foi indescritível: borboletas no estômago, erupções no meu pênis, alegria incessante na cabeça, corpo flutuando... Foi, sem dúvidas, o melhor dia da minha vida pré-transição.

II
E DEPOIS. MELHORA?

Depois de dizer pra Xô Tadeu (papai) que eu era uma travesti, tudo mudou lá fora. Dentro de casa o processo foi bem rápido, papai recebeu Luisa de braços abertos, junto aos meus irmãos, sobrinhos e todos os outros. É raro, mais comigo aconteceu.

Mas, lá fora, o babado era pesado. Quando eu saía à rua de saia longa e blusinha de bofe, que era o que eu usava no meu primeiro ano transicionada (era o que eu tinha, ok?!), os xingamentos eram muitos – mas isso só durante o dia, praticamente. À noite eles soltavam as suas amarras, esses seres (sempre homens, né mores) partiam para um ataque visceral que, ao meu ver, era um abuso sexual.

Já fui tocada diversas vezes nas "baladjeenhas" da vida, fora as recorrentes propostas de um boquetinho escondido, na amizade, claro (que amizade, amado?!). Já passei até por tentativa de estupro por não querer ficar com um boy depois de dar uns beijinhos nele. Mas eu ainda acreditava que iria experimentar o amor de que todos os meus amiguinhos falavam na escola, mas será que ele aconteceria?

III

AMOR DE QUENGA

Conheci um boy gostoso no Tinder, na época em que eu estava no AUGE da minha disforia corporal, facial, enfim (a disforia é algo muito comum entre transexuais, é quando a gente não gosta de algo em nós mesmas, sabe? Muitas travestis têm disforia com o pênis, homens trans, com os peitos e com a xereca, ou não. Mas você, pessoa cis – que não é trans – também pode ser disfórico: com o seu nariz, por exemplo). Marcamos para nos conhecermos e eu fui. Aproveitei que teria um compromisso na capital, marquei de passar na casa dele depois do rolê pra gente foder e/ou comer alguma coisa... Foi bem legal, o ritmo desses encontros começou a aumentar conforme eu ia à capital. Depois de alguns encontros eu o convidei pra dormir um dia lá em casa, assim foi indo até que me peguei morando com o boy, meu pai, meu irmão e nosso cachorro! Mais que loucura, pensa só: depois de uns quatro anos de transição, apenas, eu odiando meus pelos, meus traços de macho, lidando com toda uma pressão social que vinha de todos os lados (das travestis, da escola, dos amiguinhxs, da imprensa) eu levei um macho doido pra dentro da casa do meu pai, e a loucura maior: meu pai ficou de boa com a situação, só se mostrou muito preocupado comigo.

Eu me joguei de cabeça naquela relação, mesmo sem sentir por aquele boy nada mais do que tesão, talvez empatia, e isso acabou por me levar ladeira abaixo. Estar com ele ao meu lado, um homem cisgênero, reforçava a minha cabeça, a minha feminilidade. Eu me mantinha, pois era um lugar seguro pra uma trans disfórica estar, mas vivia sob constante cobrança de todos ao meu redor, incluindo eu mesma. Não podia falar grosso de mais, não podia ficar com as unhas por fazer. Não podia andar sem pôr um pezinho na frente do outro. Não podia arrotar. Não podia ficar sem depilar. Peidar? Jamais! Pra mim era o fim! Preferia mesmo era ficar lisinha para o meu homem.

Isso tudo só me levou à frustração, porque ali eu enxerguei que não estava sendo quem eu sou, e só me contentando com o que foi imposto às mulheres como um todo. Eu só era mais uma, reproduzindo as merdas que o sistema patriarcal despeja em nossas cabeças durante o nosso crescimento, e foi aí o grande momento de virada pra mim, a relação com aquele boy se tornaria insustentável.

IV

ENFIM. FIM! MAS A VIDA CONTINUA

Fomos cada um para o seu lado, eu sigo passando por barras incessantes quando saio de casa, mas hoje aprendi a curtir meu corpo, meus pelinhos (e pelões), meu rosto de "travestchy" e o meu jeitinho meiga e abusada de ser.

Consigo entender melhor quem sou, do que gosto, de quem gosto, como gosto e viver tudo isso racionalmente.

E só o que me levou a todo esse lenga-lenga de autoconhecimento, foram os estudos, a curiosidade e a vontade de saber cada vez mais e mais. Obrigada, internet!

Melissa Cruz

I
O PÁRIA

Hoje, meu nome é Melissa! Isso mesmo, hoje, pois um dia já vivi em outro corpo. Parece complicado, não é? Imagina você nascer em um corpo no qual não se sente à vontade. Bem, onde eu vivia chamavam-me de Matheus. Nome que, ao meu ver, foi uma ironia do destino: logo Mateus que na época de Cristo foi considerado um pária por cobrar impostos dos judeus. E esse Matheus que vivia em mim também era um pária, não por cobrar impostos, mas por não ser considerado "normal", sempre o olhavam com expressão de estranheza e o mantinham à margem, excluso como preces jogadas aos céus.

Nunca fui uma pessoa muito religiosa, mas sempre tive grande apreço, pois nos momentos que precisei, verdadeiros cristãos me ajudaram: digo verdadeiros porque estes me amavam pelo o que eu era e não pelo que eles queriam que eu me tornasse. Nunca tentaram me fazer uma "cura gay".

Minha família sempre foi meio desestruturada, minha mãe tinha depressão e outros problemas psicológicos – eu a admiro porque sempre me aceitou e lutou por mim. Já meu pai era uma pessoa muito preconceituosa, talvez por conta de sua criação religiosa e tradicional. Graças às minhas preces, ele mudou da água para o vinho: hoje, me respeita e me aceita. Sem dúvida, algo muito significante e que me fortalece no dia a dia é ter uma família que me apoia, isso faz essa cruzada ser menos dura.

A transexualidade ainda está em processo na minha vida, o que me fazia pensar certas coisas sobre o meu corpo, como a falta de seios, as formas arredondadas ditas "femininas", meu cabelo curto que tanto desejava que fosse grande e pelos infernais que ocupam tempo diário da minha vida. Acho que a pior coisa que tem para uma travesti, pelos menos, para mim, é acordar pela manhã e se deparar com uma mancha azul no rosto – os pelos novamente crescendo. Esse processo, que nunca acaba, é um ciclo sem fim. Mas penso, também, nas mudanças prazerosas, o dia que terei os cabelos que desejo, a pele que anseio, o rosto que imagino e, realmente, o corpo que idealizo. Sempre com muita cautela, porque também sei das complicações que a hormonioterapia pode causar. Dentre essas dificuldades, meus pais já se preocupavam com os problemas que eu iria enfrentar, como preconceito, violência, dificuldade para conseguir uma estabilidade financeira e por fim, a pior, a exclusão!

Na minha cidade, nunca tive alguém que de fato entendesse completamente como eu sou. A solidão de estar cercada por pessoas que não te entendem, sem dúvida, foi uma das maiores dores. As pessoas que não me aceitavam viviam esperando de mim outro comportamento que não era meu, pois eu fazia o que desejava, não por rebeldia e sim por liberdade. Esses pensamentos me dominavam e eu ficava buscando compreender quem eu era de verdade, imaginando o que eu me tornaria no futuro.

Quando criança, gostava de acessórios femininos, brincava com roupas e maquiagens da minha mãe, com bonecas da minha irmã e todo esse universo era realmente algo que me cativava. Foi aí que fui percebendo que as pessoas já me consideravam uma pessoa pecadora. Todos diziam que meu comportamento não era normal. Meus pais logo cedo viram que eu era uma criança dita "diferente" – eles já sabiam o que me esperava. Eles tinham diversas expectativas e planos para mim, já haviam idealizado toda minha vida, casamento, filhos, sucesso financeiro. Algo que eu nunca tive em mente. Por mais que gostasse deles, não iria deixar de viver minha vida, sendo assim, não correspondi às suas expectativas. Eles, talvez como fuga do que de fato estava acontecendo, preferiram agir como pessoas vendadas e se mantiveram na ignorância, ou já sabiam de tudo o que estava por vir.

"E possa compadecer ternamente dos ignorantes e errados, pois também ele mesmo está rodeado de fraqueza."
(Hebreus 5:2).

II
A DOR NOS CALEJA A ALMA

No ensino fundamental tudo foi muito difícil e frustrante. Sou de Tangará da Serra, interior desse nosso Mato Grosso. Por ser uma cidade muito provinciana, conservadora e não ter tanto acesso à informação, não os culpo. Em Tangará as pessoas não compreendem quando você é pessoa efeminada. Junte tudo que existe em uma cidade pequena: conservadorismo, falta de informação, tradicionalismo e religião. E o que geramos? Preconceito!

Logo, os meninos da minha escola sempre me destratavam com apelidos pejorativos, como bichinha, boiola, viadinho, dentre tantas outras variações. Era uma perseguição constante, eu me sentia um animal em uma caçada voraz: eu, frágil, tendo que lutar e buscar artifícios para sobreviver no meio dessa mata chamada Escola Marinheiro. Certa vez, eles foram longe demais. Eduardo, que era um menino mais velho, juntou aquela cambada de moleques que o apoiavam nessa caçada infernal e, quando eu estava saindo da escola, começaram a me insultar. Aos poucos, já estava me adaptando àquela situação. Então, passei reto, nem dei atenção aos insultos que proferiam, mas quando menos esperava tomei uma pedrada nas costas e, em um surto de raiva, joguei minha mochila no chão e corri atrás deles. Acertei um chute com tanta força na perna de Eduardo que a quebrou, o menino caiu no chão, abriu maior berreiro, eu virei as costas e sai. Essa foi uma das poucas vezes que me senti vitoriosa nesta vida. Ao chegar em casa, fiquei pensando na minha atitude e quais seriam as consequências quando voltasse à escola: expulsão, suspensão ou, pior, vingança por parte deles. No dia seguinte, fui para a escola morrendo de medo do que me esperava. Eduardo havia feito uma reclamação à direção, mas, com o apoio das meninas que eram minhas amigas, não tive muitos problemas, elas contaram ao diretor sobre a perseguição implacável que esses meninos faziam comigo.

As pessoas falavam comigo em tom de deboche e me chamavam por palavras desagradáveis, como já relatei a vocês. Isso só foi aumentando meus conflitos internos e gerando novos traumas. O medo se tornou uma palavra constante na minha vida. Tinha medo de sair, medo de falar com as pessoas, medo da violência que poderia vir a sofrer, medo desses julgamentos incessantes sobre mim. Logo, esse medo foi dificultando muito minha vida social e fui ficando cada vez mais isolada.

Da casa para escola, da escola para casa, todo dia uma dor diferente, uma violência inovadora, uma nova ofensa, uma nova pegadinha. É incrível como crianças são criativas. Chego a afirmar que esse foi um dos piores momentos da minha vida, dos quais ainda carrego terríveis lembranças. Eu era uma criança, não merecia passar por isso, nenhuma criança merece, crianças esperam cuidado, atenção, carinho e amor. O que na minha casa eu tinha, mas na escola, era um verdadeiro inferno. Medo, medo, medo. Quanto medo eu tive! Medo de ser espancada, medo de ser assassinada, medo de que algo me machucasse de forma irreparável. E o ciclo se repetia todos os dias. Eu era atacada, me machucavam tanto, que, um dia, de tanto sofrer, a dor passou a ser algo natural e eu comecei a não me importar mais, ao menos na frente deles, pois não queria reforçar essa perseguição. Então, sofria quieta, calada em minha casa, chorava com a cabeça em meu travesseiro para que nem os meus pais ouvissem. Sempre sozinha, a solidão era minha melhor companheira, pois ela não me agredia como os outros.

E assim, ia da casa para escola, da escola para casa, as crianças viviam me zombando com perguntas e afirmações como: você é homem ou mulher? Porque você é desse jeito? Sabia que isso é coisa de menina? Você é viadinho, né? Isso fez com que eu pensasse que seria difícil ser o que eu realmente queria.

> *"Quem nunca sentiu atração por uma travesti que atire a primeira pedra". (Raphaely Luz)*

III

A METAMORFOSE

Quando fiz 12 anos, resolvi que o melhor que deveria fazer era me assumir, por mais que as pessoas considerassem um absurdo. Viver escondida me incomodava, pois eu já havia beijado meninos e sabia que sentia atração por eles. Então, dessa vez, larguei o medo e assumi minha sexualidade que, na época, o termo usual era homossexual, e de forma de forma pejorativa, gay.

No ensino médio, a violência se perpetuava, mas as pessoas já tinham certo pudor, eu não sofria tantas ofensas como no passado. Afinal de contas, crianças são mais sinceras e espontâneas, eu diria até maldosas. Nessa época, as pessoas LGBT já tinham uma visão mais coerente e diversificada, assim como certos comportamentos já eram considerados politicamente incorretos. Então, por mais que alguns desejassem me ofender, existia um senso moral que os controlava. Esse tempo foi menos difícil, mas tiveram seus altos e baixos, que já foram superados. Não concluí meu ensino médio pela união da falta de vontade com desconforto pelas perseguições que sofria: isso pesou na decisão de desistir dos estudos. Hoje penso que devo concluir o quanto antes.

Naquela época, havia uma mentalidade conservadora e, apesar de ter me assumido gay, eu ia nesse fluxo de pensamento da maioria das pessoas da minha cidade. A cabeça moldada pelo ambiente e meus pais que não aceitavam que pessoas que nasceram homem usassem maquiagem, roupas femininas e tivessem cabelos longos, me fizeram pensar que eu tinha que me enquadrar para acabar com a solidão que me acompanhava desde sempre. E assim fazia. Eu me vestia de menino por mais que soubesse que aquilo não era como eu me sentia.

Um dia, decidi vestir uma saia. Vi que poderia, sim, ser quem eu quisesse! Meu pai um dia disse que "me aceitaria gay, mas jamais travesti". Quando me olhou nos olhos, era nítido seu olhar de decepção. Então, ele me perguntou se eu sairia de casa daquele jeito. Eu, sem retrucar disse que sim, pois essa era eu de verdade. Sua decepção era nítida em cada expressão de seu rosto. Eu, sem demora, peguei minha bolsa e saí de casa com medo de qualquer represália. Compreendendo, hoje, que foi por medo que meu pai me perguntou aquilo. Medo de que eu fosse agredida por qualquer um na rua. Meus pais sempre foram protetores e sempre me resguardaram, me mantendo longe do contato com pessoas travestis ou transexuais. Penso como esse convívio me fez falta, pois teria sido bom e algo que me ajudaria a enfrentar diversas dificuldades que, dessa forma, foram mais difíceis de enfrentar.

Conheci um garoto que, na época, vivia como Matheus e depois se transacionou para Luhanna. Eu, devido à minha criação e por ter uma cabeça fechada, de acordo com os valores do meu meio, não considerava aquilo normal e a julgava. Como pude? Ainda não havia me reconhecido em Luhanna. Não havia percebido que, mais tarde, eu me tornaria o que o meu pai mais tinha medo: uma mulher travesti! Luhanna sofria muitas violências no ensino médio por ser uma travesti, até por parte de alguns professores. O que me chamava atenção eram suas garras afiadas e a resposta sempre pronta na ponta da língua para as pessoas que a ofendiam. Essa, sim, não tinha vergonha de ser quem era. Por mais que não tenha mais contato com ela, tenho muita admiração. E sempre a vi lutando contra os preconceitos que sofria, lutando somente por uma vida digna, como todas nós merecemos. Luhanna foi uma grande inspiração para a Melissa de hoje.

Meus pais nunca sentaram comigo para discutir sobre minhas mudanças e gostos, da mesma forma, continuei a me efeminar cada vez mais. Aos 18 anos eu achei que toda essa conversa ainda viria à tona, mais cedo ou mais tarde. Então, decidi por eu mesma dizer a eles do que eu gostava e que isso não me fazia uma criminosa. Esse dia foi marcante. Suava frio, estava com medo, mas me sentei com eles e me abri, disse-lhes quem eu realmente era. Eles entenderam e decidiram me ajudar no que eu precisasse. Afinal, eles sempre souberam, só estavam esperando que eu lhes comunicasse. Esse foi o melhor momento da minha vida, pois, pela primeira vez, eu me senti livre dentro de casa.

Eu sempre tive medo de como seria tratada pela sociedade sendo transexual. Como a maioria de nós não tem emprego, a instabilidade financeira é algo recorrente, e faz com que muitas vendam seu corpo, numa luta diária para sobreviver.

Hoje eu me mudei para a capital. Conheci pessoas como eu, o que um dia me foi negado pelos meus pais. O que agora foi muito positivo, porque passei a me compreender melhor, a me identificar mais ainda... e é tão bom ser parte de algum grupo. Logo, aqueles tempos de solidão de outrora só ficaram na lembrança. Hoje, criei um círculo social forte, que me apoia de todas as maneiras, em minha transexualidade, nas minhas mudanças e em quem eu sou. Isso me motivou a ser a Melissa.

Mas, como Melissa, as coisas também não estão fáceis, aquelas dificuldades que já mencionei, hoje, são vivenciadas na pele, a vontade de começar a terapia hormonal é cada vez mais latente, porém, devido às minhas dificuldades financeiras e a falta de recursos de minha família, ainda é um sonho distante, pois não consigo fazer, no momento, o que desejo, mas quanto puder, meus sonhos serão realizados.

Entendo, hoje, que tudo passa por um processo, assim como foi com meus pais, o que eles passaram e hoje aprenderam que têm uma filha transexual. Essa mudança dos meus pais é notável e me deixa bem mais feliz e à vontade ao lado deles. Meu pai também se abriu com outras pessoas, que o ajudaram a compreender melhor a minha situação e o que ele estava passando. Sei que para eles não está sendo fácil também. Minha mãe sempre me incentivou e me apoiou, ao contrário do meu pai, que teve que aprender a lidar com isso. Hoje, tenho uma irmã de 10 anos de idade que vive me pedindo conselhos sobre coisas ditas de mulheres, e eu me sinto muito à vontade a seu lado, pois ela reforça ainda mais a Melissa em mim. Meu irmão é novo e passou pelo mesmo processo de criação que eu, no mesmo ambiente, da mesma forma que eu demorei para me aceitar, ele também está tendo dificuldade de aceitar quem eu sou, mas penso que um dia ele vai mudar, assim como meu pai mudou.

A única solidão que me resta agora é de não ter um parceiro para compartilhar minha vida: é algo que me machuca diariamente e com que tenho que dormir todas as noites, porque eu sei que não é fácil ser amada nessa sociedade. Acredito, do fundo do meu coração, que merecemos ser amadas, respeitadas e valorizadas, afinal, também somos seres humanos. Quando você encontra uma pessoa que te ama pelo que você é, é encantador, é como se o mundo mudasse de cor, saíssemos de uma paleta em tons de cinza e fôssemos para outra com uma infinidade de cores sem limite, como um arco-íris: a vida se torna mais leve e mais feliz. O Matheus teve essa oportunidade, mas eu, como Melissa, ainda não tive essa experiência. Uma coisa posso dizer com toda a certeza que há em meu coração: ser transexual no Brasil é uma luta diária.

"Não julgueis, para que não sejas julgado". (Mateus 7:1).

Lupita Amorim

I

NASCI. CRESCI. VIVA ESTOU

Por ser como sou – uma transexual negra – tenho que ser forte o tempo todo. Não há outra coisa que eu possa fazer além de ser forte para lidar com todo o preconceito e racismo que enfrento diariamente, apenas por ser eu mesma. E isso não é uma opção, porque se eu não for eu, quem serei? Agora me sinto livre para ser quem sou, pois um dia me foi imposto que eu fosse outra pessoa. Afinal, eu só quero poder ser eu mesma!

Quando eu não era a pessoa que sou hoje, vivenciava privilégios que me foram roubados pela sociedade, por suas imposições e normas. Tive que abrir mão de tudo para minimamente me encontrar nesse mundão, que não me ajuda em nada, pelo contrário, só me violentava mais. Quando não pelo racismo, pela transfobia ou ambos, às vezes, e, infelizmente, isso é algo estrutural em nossa sociedade, essa é a razão da dificuldade que tenho para alcançar minhas metas. Tudo que a população transexual tem conquistado, tem sido feito com nosso suor, e muito sangue, pois se estou viva, uma certeza tenho, nesse momento, infelizmente, uma irmã minha foi morta! Vivo num país em que a cada 24 horas morre um LGBT, e que a cada 23 minutos um jovem negro é assassinado, e eu sou preta e travesti. Isso me entristece diariamente; entretanto, isso também me fortalece para a luta, embora tenha medo de que possa ser a próxima.

Então, "batam palmas para as travestis, que lutam pra existir e a cada dia conquistar o direito de brilhar e arrasar". Linn Da Quebrada. Escutem as travestis, leiam as travestis, isso fará com que nossas vozes ecoem e consigamos construir a tão famigerada visibilidade das transexuais negras! Eu também luto para ser ouvida, mas todos os dias sou silenciada e tenho que lutar para que me escutem, para que minha demanda seja ouvida. Quero, portanto, romper com esse silêncio para que minhas conquistas reflitam numa visão mais civilizada e humana de todas como eu.

Nasci em Cuiabá, mas moro em uma periferia em Várzea Grande chamada Pirineu. Minha família já quebra os moldes sociais, pois somos guiadas por uma geração de matriarcas. Minha mãe, tias, vós, bisa e primas, mulheres guerreiras e o meu suporte, pois sempre lutaram contra o racismo que, por também serem negras, vivenciam todos os dias.

Com elas tive de aprender artifícios, para lidar com racismo de uma outra forma. Porque, o que esperar de um menino negro que nasce na periferia? Toda ação gera uma reação e, para muitos meninos negros periféricos, entrar para o tráfico, "meter fitas", sempre foi a correria deles em resposta a essa desigualdade. Mas, diferentemente dos outros meninos, eu não me entendia como tal e percebia que não queria seguir por esse caminho, para o qual a sociedade os conduz: ser mais uma preta no crime. O suporte que tive na minha família foi muito importante para que eu viesse a ser quem eu sou, mais do que dar orgulho para elas, eu quero mostrar para a sociedade que ser negra e periférica não significa estar aliada sempre ao mundo crime ou da prostituição.

Podemos enfrentar a desigualdade com outras armas. As mulheres da minha vida me ensinaram que devemos lutar por nosso espaço e ocupar aquilo que nos é negado. Como são fortes essas mulheres! Todo o suporte que elas me deram me ajudou a alcançar o que eu conquistei e, hoje, esse sonho não é só meu, pois abriu um leque de possibilidades para todas elas, retiraram a venda que essa sociedade, de população racista e preconceituosa, nos coloca. Para ela – essa sociedade –, não nos cabia o espaço da universidade, por exemplo. Mas agora estou aqui e posso trazê-las comigo e mostrar que isso não é impossível.

II

A PELEJA DA TRAVESTI PRETA

Estar na universidade não me impediu de sofrer racismo e transfobia. Todo dia tenho que me preocupar se irão me respeitar, me chamar pelo meu nome e se ao ir ao banheiro outras mulheres não tentarão me impedir. Na sala de aula, ter de ser três vezes melhor que os demais: uma por ser preta, duas por ser travesti e três porque sou boa no que faço e posso ser a melhor. Mas a expectativa de todos é a de que eu não saiba o que está sendo apresentado, como se o conhecimento pudesse ser apenas acessado por eles, pessoas brancas e privilegiadas. Felizmente eu sempre me esforcei e tirei as melhores notas.

No primeiro dia de aula eu tinha me apresentado com um nome não exibido até então... Depois de duas semanas nos meus processos individuais, entendi que gostaria de ser chamada por Lupita e na universidade também, não só pelas minhas amigas, mas como fazer isso? Numa quarta-feira, na aula, ainda não tínhamos decidido quem seria a líder da sala e, nesse momento, eu levantei e me candidatei para votação e, a partir daquele momento, todos deveriam me chamar de LUPITA! Algumas pessoas fizeram cara feia, estampando o preconceito e o incômodo por eu ser uma travesti preta e ter me candidatado. Outras pessoas também se apresentaram para votação – provavelmente pensando: "se essa travesti negra pode, eu também posso" –, sentindo-se ultrajadas, claro. Ao final, após todos terem votado, eu era a que tinha mais votos e assim me tornei a líder de sala e, junto com outras colegas, decidimos fazer uma espécie de parlamento. Então, teríamos quatro líderes, mas isso pra mim não teve importância. O legal foi que eu consegui uma representação na sala que iria me ajudar muito a conquistar o respeito das professoras e dos demais colegas.

Surgiam na vida e nos corredores da UFMT propostas indecentes de homens que mantinham em seu imaginário que meu corpo estaria disponível para satisfazer suas vontades, sendo elas as mais grotescas, pois não veem suas esposas fazendo aquele fetiche com eles por serem consideradas "puras, com corpos limpos e feitas para o casamento", mas com a travesti negra, aqui, eles não têm essa limitação, nem pudor. Isso porque nos veem com corpos "sujos, impuros, um vaso receptor do esperma nojento deles". Assim, invadem nossa intimidade, querendo que realizemos seus fetiches mais grotescos, e esperam somente um sim sem pestanejar, acreditando que iremos realizá-los, porque, se não for assim, quem vai querer ficar com uma travesti?

Para muitas pessoas, a travesti só é percebida dessa forma, corpos que são vistos somente para o sexo e a realização de desejos pessoais, quando não, é para ofender machucar como muitos fazem cotidianamente. "Amem as travestis num mundo que odeia a nossa existência, o amor de uma única pessoa pode nos salvar". (Candy Mel)

Amor? Carinho? Afeto? Casamento? São algumas sensações e sentimentos que não fazem parte da vida das pessoas trans, e não são uma possibilidade, impedindo muitas vezes de vivenciar uma experiência de vida que sabemos ter direito. Por não vermos outras de nós vivenciando essa experiência, isso diminui nossa vontade, expectativa e desejo de também tentar conseguir tê-las, pois aos nossos olhos, elas só são vividas por pessoas que estão dentro de um padrão social. "Encontrar-se sozinha é sinônimo de travesti", diz Ana Flor Fernandes Rodrigues.

A solidão que eu senti enquanto travesti preta é de ser preterida pelos caras, a ponto de só me verem como objeto para realizar seus fetiches... Uma vez, um cara ao conversar comigo por um desses aplicativos, disse que eu era tão feia e repulsiva, que jamais ficaria comigo. Aquilo, ao mesmo tempo que me deixou triste, me fez perceber que era ele quem estava errado. Eu sou belíssima e mereço tudo de bom que esse mundo tem a oferecer, quem perde são eles que, ao me rejeitar, não conseguem acessar todas as minhas qualidades e defeitos enquanto ser humano.

Com as minhas irmãs eu aprendo diariamente a me amar mais e a não me sentir presa a essa sensação de solidão que em maiores níveis é estrutural na sociedade, pois não vemos travestis sendo amadas no mercado, ônibus, shopping, por aí. Queremos e estamos construindo um futuro melhor pra nós e para as nossas.

III
O FUTURO É DAS TRAVESTIS

A nova geração de travestis está disposta a ressignificar essas perspectivas que nos foram impostas por anos sobre os nossos corpos, não nos percebendo como seres humanos, com sentimentos, não nos permitindo acesso a uma vida com dignidade, uma vez que a sociedade diariamente tenta nos silenciar de diversas formas.

Estamos desconstruindo, e reconstruindo nossas possibilidades e humanizando conceitos por meio das nossas relações de irmandade, visando sempre nos perceber enquanto seres humanos, desenvolver o afeto, o amor, o carinho para nós e em nós mesmas. Nossa irmandade tem forças, pois é por meio das nossas perspectivas que podemos compartilhar conquistas e mostrar para todas como nós que nada é impossível, que a gente existe e resiste dia após dia, e não vamos aceitar mais esse espaço imposto, que nos veem como carnes expostas em um açougue! Essa é única possibilidade de existência que nos é colocada, que é o lugar da puta, da estranha e da que é repudiada. Estamos nos tornando cada vez mais seguras de nós (Cuidado!) e isso nos move desse lugar, para onde desejamos estar e, acreditando ser o melhor para nós, enfrentamos as dificuldades que surgem, e juntas nos damos suporte, construindo um novo futuro para que as novas travestis que estão vindo possam se perceber como pessoas comuns, longe desse conceito de objetificação. Não vamos mais aceitar sermos menosprezadas, queremos ser tratadas com dignidade, distantes desse lugar de fetiche!

Nós, travestis, somos tão dignas de afeto quanto qualquer pessoa não trans, e devemos ser vistas como pessoas com potencialidades de nos desenvolver, conforme nossas vontades, desejos e expectativas, e sermos vistas fazendo parte do círculo social e para além disso, enquanto humanas. São as pessoas não trans que precisam desconstruir conceitos errados e preconceitos, enxergando-se na sociedade, no mercado de trabalho e nas demais situações da vida cotidiana. Nós, travestis, estamos construindo para a nova geração perspectivas de vida diferentes daquelas que a sociedade impõe, como a prostituição e a desumanização.

Estamos construindo juntas uma irmandade que seja não somente capaz de se humanizar, como também de ensinar a sentir e expressar sentimentos umas pelas outras e a partir disso vivenciar uma vida para a qual, por vezes, já pensamos não ser dignas. Juntas estamos indo contra essa corrente negativa de ódio e desumanização e descobrindo as potencialidades que temos, como seres humanos, que têm desejos, vontades e expectativas de viver nossas vidas, livres, donas da própria vida! Minha irmã, Luísa, fala que sobre a Irmandade Travesti que "viver permeada por amizades travestis me afeta, enquanto pessoa trans, de maneira positivíssima por ser uma 'faca de dois gumes'". Para além do entendimento de que somos pessoas normais que seria a primeira fase da amizade travesti, depois disso vêm as trocas de experiências e relatos, a autoidentificação com as outras, por meio do relato de vivências, tanto coisas terríveis, como os assédios, quanto coisas boas e felizes, como quando começamos a nos hormonizar, quando realizamos nossos objetivos, desejos, modificações corporais. Ouvir e dizer para outra travesti todas essas coisas é extremamente revigorante, pois é uma relação totalmente empática e sem barreiras morais com base no patriarcado/normativo, dado que somos seres anômicos, marginalizados. Essa relação, tão cheia de vida e experiências, mostra que esse é um instrumento poderoso que temos entre nós, com a finalidade de vivenciarmos juntas o que é ser como somos, nos compreender enquanto travestis, indo contra essa sociedade que a todo momento continua tentando fazer com que sejamos o que não somos.

É a amizade na irmandade que nos dá forças para sair de casa diariamente e enfrentar os males que a sociedade coloca para impedir que sejamos nós mesmas e possamos construir nossa história. É a irmandade travesti que constrói uma experiência autêntica e única de amizade que nos humaniza de uma maneira a propiciar forças para que juntas possamos descobrir, explorar e vivenciar nossas vidas de acordo com o que julgamos ser bom para nós mesmas.

Eu me chamo Lupita Amorim, nome que escolhi para me representar, porque tem o significado de "negra como a noite", sou travesti, preta, periférica e tenho 21 anos. Todos os dias quando saio de casa, tenho dúvidas se conseguirei retornar para descansar de mais um dia de resistência e existência nesse mundo que me odeia e que, de todas as formas, tenta me matar. Eu só quero viver. "Eu não sou menos humana por ser travesti". (Cecília Dellacroix).

FIM

E neste caos encontrei Luz
(Luna Tsunami)

Sobre as Autoras

Angie Hope

Uma boa garota que largou o Mato Grosso em busca de algo a mais para si mesma, desde a construção de um espírito mais forte a uma jornada profissional de reconhecimento. Ela quer desfilar? Estudar? Fazer unhas? Talvez, até tudo ao mesmo tempo, afinal, ela controla seu próprio tempo. Seu nome é Angie Hope. Ela está mais forte do que ontem e está aprendendo a viver sem pressa, mas com muita segurança. Ela é travesti, bela e acho que, daqui pra frente, ninguém a para mais, ela é o momento.

Contato profissional:
E-mail: angbsplca@gmail.com
Instagram: @afeminangel

Luisa Nayara Lamar

Cria do Coral Pra-ti-Cu-tu-Cá do Sesc Arsenal. Luisa Lamar carrega, em seu arsenal artístico, experiência no meio musical, teatral e audiovisual. Na música, a artista compõe e canta canções pautadas em sua vivência transvestigenere, apropriando-se do lambadão de Mato Grosso, hip hop, hyper pop, dentre muitas outras ramificações em seu trabalho musical. No teatro, apresentou-se como atriz na remontagem de *Cabaré AhBerrAção* e cursa Produção Cultural de Teatro pela Unemat. No meio audiovisual, Luisa ingressa como atriz coadjuvante e logo passa a escrever suas próprias dramaturgias, como a de seus videoclipes *Reparação* e *Deize*, curta-metragem contemplado em 2020 pela Lei Aldir Blanc em Mato Grosso.

Contato profissional: @aluisalamar

E-mail: contatoaluisalamar@gmail.com

Lupita Amorim

Lupita Amorim tem 22 anos e é varzeagrandensse. É multiartista: atriz, modelo, dançarina, poetisa e graduanda em Ciências Sociais na UFMT. Divide sua vida entre as produções, a universidade, a militância e a arte, pautando a partir de suas movimentações as urgências da população travesti preta, pobre e periférica. Foi selecionada na 1ª e na 2ª edição do selo Itan de Literatura; no edital *Negrita Fic!* do Clube Negrita, teve seu conto *A Caminho* selecionado. Ficou em primeiro lugar no I Prêmio Rodivaldo[1] de Literatura na categoria poesia.

Contato profissional:

E-mail: lupitaamorimcoulee@gmail.com

Instagram: @lupiamorim

Melissa Cruz

Melissa Cruz, 23 anos, atua na área como *stylist* de moda & Dj. Trans do interior de Mato Grosso, participou dos projetos *Manga Coração de Boi* e *The Rather*.

Instagram: @ksmiszy

E-mail: 5cruel5m@gmail.com

Raphaely Luz

Assistente social formada pela Universidade Federal de Mato Grosso (UFMT), produtora, roteirista, atriz e agora escritora. Idealizadora da ONG Congregação Trans da Mata Hoje. Mora em Caval-

---

[1] Disponível em: https://youtu.be/MWHZHCV5PLw.

cante, Goiás, mas já percorreu o Brasil e, desde os 15 anos de idade, luta pelos direitos das pessoas transexuais, sendo uma das responsáveis pela 19ª edição do Encontro Nacional de Travestis e Transexuais que Atuam na Prevenção à Aids (Entlaids), realizado em 2012 no Hotel Sr. Peter. O encontro teve como eixo de debate "Da transfobia à cidadania: políticas para redução de vulnerabilidade e riscos". Foi coautora de um artigo sobre o tema com Ariadne Marinho.

Instagram pessoal: @raphaely_luz

Instagram Trans da Mata: @transdamata

WhatsApp: +55(62) 99667-6971

Sophie Silva

Sophie Silva Campos é estudante de licenciatura em Música (UFMT), artista, cuiabana, mulher trans, negra e militante pela causa LGBTQIAP+. Sua arte transita entre o canto lírico, regional, *indie*, pop e experimental: canta em teatros, eventos particulares e da prefeitura. É atriz de teatro musical no OnBroadway, onde atua e produz. É modelo, já desfilou para lojas e marcas locais e foi miss Chapada dos Guimarães Trans em 2020. Além disso, trabalha como designer gráfico, confeccionando artes digitais. Sophie é frequentemente convidada para palestrar em eventos sobre a importância da conscientização política e cultural, dada a sua realidade. Atualmente, trabalha na Secretaria Municipal de Cultura, Esporte e Lazer, somando para a cultura cuiabana, que vem se transformando a cada dia.

Instagram: @sophiesilvac

Facebook: Sophie Silva

E-mail: sophie.culturamt@gmail.com

Fone/WhatsApp: +55(65) 99223-9313